ミッシング

Missing

Tanaka Kazue

田中和絵

文芸社

神様は虹がすき。
だって、地上に降りるハシゴだもん。
私は風船がすき。
だって、お空に飛んでく道具だもん。
どっちも、できないことがしたいのね。

あなたはまるで泥遊びのよう

幼い頃
落とさないように握りしめた指の間から
むにって出てきた、泥

可哀相になって
そっと緩めたら
ぼろぼろこぼれちゃった、泥

〝束縛は嫌い〟
だから私はあなたを縛らなかった
いつもあなたを思っていたけど
あなたをとめておかなかった
そしたらいなくなっちゃった

〝束縛されなかったら寂しい〟
なんて反則だよ
終わっちゃってから
全部
取り返しがつかないくらい、全部
終わってしまってからつぶやいても

私はどうすればよかったの？
どうすればいい？

ほんとうは　そんな人間じゃないのに
どうして　微笑むの？
ほんとうは　そんな良い子じゃないのに
どうして　うなずくの？

だから　壊れてしまうんだよ
だから　人を憎むんだよ

そして　自分を汚すんだよ

欲する。
私は彼を欲する。

得られないからこそ。
必ずそこにないからこそ。
わかり続けている自分を悲しまないために。

欲する。
私は彼を。

ある日、突然死がやってくるかもしれない。
なにも伝えられずに終わるのはイヤだ、怖い。
と言ったら君は、

じゃあ手紙を書きなよ。

そうします。
あらゆる人に、生きている限りは伝えられない言葉を
手紙にします。

今は嘘のような自分の感情も、全部書いて置いておけば
本当になるかもしれないもんね。

執拗な人間の叫びの中で
わたしは何を悲しめばいい？

愚かであれと囁く声は
本当は誰のもの？

自分である保証はない
他人である必要もない

浮かび続けて消滅する　月

手に入れた　手に入れた
私を正しくしてくれる薬
純粋無垢にしてくれる薬
これでやっと人並みに
人を愛せるようになるでしょうか？

私の中の　君への想いは
あの日からずっと　変わっていない
ぴくりとも動かない
だって世界は沈黙したままだから

琥珀の中に閉じこめられた虫
ある時　誰かが見つけて　きれいな宝石にしてくれた

誰かは　君であってほしい

私にとっては　居心地のいい空間
時間は進んでも　私だけは進まない
君といっしょの　幸せなとき

だけど琥珀は　樹液じゃない
もう　生命を宿す樹液じゃない

私を解き放たないで
粉々になってしまう

私は　虫
閉じこめられた　幸せな虫

ついに決心いたしました。
今度あなたにお会いするとき
私は気の合う友達役を、辞退させていただきます。

そして　ただの　ちっぽけな　ありきたりの
恋に狂う女になります。

腐った水
濁った肺
汚れた二人

水の中を漂う

体は
魚に食べ尽くされた

光の海の中でも
音の渦の中でも
えさに群がるハイエナのように
私はあなたを愛する

ある日、
すごく風が吹いて、雪が積もった。
朝、私の車の上に、
真っ黒な体に真っ白な羽をつけたネコが凍っていた。
やかんのお湯をかけたら、
驚いて睨んでとても、
とてもきれいだった。

せつなさらさら流れていって

もう一度あなたに会えるかな？

記憶を食べて
ばくばく食べて
おなかいっぱいになっても
無理して食べて
私の中のあなたを消した

骨髄や臓器を移植された人が、
誰かと愛し合って子供をつくり、
その子供たちが、
骨髄や臓器を提供した人と、
骨髄や臓器を移植された人と、
愛された人の血と記憶を受け継ぎながら、
誰かと愛し合って子供をつくり、
子供をつくり、
子供をつくっていったら、

いつか人類はまた、アダムとイヴに戻るかしら？

私とあなたは半ぶんこ。

だからあなたが死んだら、
私もいなくなっちゃう。

斜めになって消えちゃうの。

失ったものをずっとさがしてる
見つけようと必死になってる

最初から持ってなかったって
知ってるのに

19

私たちはもうすぐ
遠い　遠い
海の底に落ちていく

死に近いイメージは
ときどきわたしを安心させる

後悔は常に私たちの中にあって
社会は醜く惨めなことだといって
それを表現することを許さない

望んで与えられることはない。
望まずに得られたこともない。

自分の過去をさらけ出すことで自分を救い、
救ったつもりになって深く傷つけることの繰り返し。

24

言葉にできないむずがゆさは、
ときどきあなたを愛することでいやされる。

愛されることがない、
愛することのみ。

真昼の月。

白く、光はないけど、
強く私たちに影響する。
でも、
沈みかけの太陽にすら勝てない。

自分以上に他人を愛せる人なんて
この世に存在するのでしょうか？

男に生まれたかった。
男に生まれたかった。
男に生まれたかった。
そしたらずっとあなたと笑って過ごせた。
こんなに悲しまなくて済んだ。

でももしかしたら、
それでもあなたを愛したかもしれない。

こんなにあなたを愛するなんて思わなかった。
今頃になってこんなにあなたを好きになるなんて。

このまま窓から飛び降りてしまいたいくらい。

もっとキレイな人間になりたかった。
女に生まれたくなかった。
何もなくしたくない　欲張りのかたまり。

夜が黒いのはなぜ？

皆がそう願っているから。

社会と同一な人間ほど異質になろうとする。
異質な人間ほど社会と同一になろうとする。
では私は？

失っているものは確かで、
握りしめているものは不確か。

過去は　記憶の中にあるから「過去」。
思い出は　ときどき思い出すから「思い出」。

じゃあ、私たちには過去も思い出もないってこと？
あなたの中に私が存在しないのなら。

ずっとあなたを思っている。
ばかみたいに思い続けている。
あなたからしたらきっと
邪魔っけな化け物なんだろうな。

あなたの中にある私への感情ってなに？

同情？
優越感？
プライドを保つための道具？

それを承知で、私はあなたとの関係を続けていきたいの。

なくしてしまった。
全てをなくしてしまった。

残るものは、なにもない。

今日気がついた。
あなたって、ハムスターみたい。

私は愛しさから触れたいのに、
触れられることが、あなたにとっては恐ろしいこと。

なんて悲しい現実。

私はあなたからたくさんのことを学んだ。
あなたは私からたくさんのものを奪った。
残ったのは、
自尊心の皮をかぶっておびえる私だけ。

夢が夢じゃない。
私にとって、夢が夢じゃない。

夢はただのとまどいの原因にしかすぎないのに。

あといくつ歳をとったら、
夢を幻として前向きに生きていけるかしら？

愛しすぎると壊れてしまうから
ふたりで確かめ合って
ゆっくり進んでいこう

大事なものが多いほど
悲しみは増える。

なくしたものが多いほど
安心する。

今日、頭が腐って落ちた。
だから、糸で縫いつけた。

そしたら天地が逆さまで、

そんな君も素敵だよ、って
隣であなたが笑ってた。

夢に天使が現れて、しきりに恋の話をせがんだ。
私は自分の恋をたくさん話してあげた。
天使はうれしそうに笑っていた。

やがて朝になると、
天使はおもむろに服を脱ぎ、
あっという間に魔女になって、こう言った。

「さぁ、妄想は終わりだよ。
何もなかったことを知る現実の始まりだ」

人生はいつも私を「始まり始まり」とせかす。

そのくせ走り出した私の足を摑んで離さない。

だらだらと流し続けるもの。
垂れ下がってくっついてくる、
ひきずってもひきずってもすり切れない。
なんなんだお前は。
お前自身は。

恋愛って時計の針に似てる。
長針と短針がずっと追いかけっこ。
やっとひとつに重なっても、
ぴったりくっつくことはないの。

「思い出にひたってちゃいけない」
何度も何度も声に出して言う。
自分が自分であることを忘れるまで
思い出を消してしまいたい。
まっさらななにもない脳をつくりたい。
そうしたらこれ以上、壊れることに憧れずに済むのに。

もう疲れてしまったの。
あなたのなに気ない一言に喜びを見つけたり、
辛辣な言葉に裏腹な期待をもったり、
無理矢理に頭をねじまげることに疲れてしまったの。

愛しているけど微笑んであげられないなら、
おしまいだね。

やりました。
ついに、抜け出しました。
呪縛。
彼の呪縛。
自分で自分にかけた呪い。
ばかばかしいほど長い間、縛られ続けていた鎖。
錆びても錆びても油を注して、
なんとか繋いできた感情を。

一瞬。
ほんの一瞬の運命で、捨ててしまいました。

馬鹿な女だ。
また新しい呪文を唱え始めた。

誰かを好きになると
嫌悪感でいっぱいになる。

欲張りで　疑り深くて　強がりの
魔女が一匹。

プラスを知ると
マイナスに気づいてしまう。

知りたくなかった、
人を愛する悲しい気持ち。

一緒にいて楽しかったらそれでいいの。
私は幸せな時間をもらっているの。
それ以上、何を望むべき？

私はあなたが大好き。
どんなに好きかっていうと、
あなたをずっとくわえていたいし、
のどの奥に突き当ててあたため続けていたいし。
ただオエッてなるから苦しい顔になっちゃうんだけどね。

失うものより　与えられたものを数えて
幸せになろう。

そうして
おしまいおしまいって
感情の紐を結んで

そうして
その他すべてのものに八つ当たりして

いつまでも這い回ってる
同じところをぐるぐるぐるぐる

のめのめ。のんで全部忘れてしまえ！

君だよ、私の忘れたいものは。

私はあなたを愛したいんじゃない。
あなたに愛されたいの。
束縛されて　ぐるぐる　どろどろにまじりあって
あなたになりたいの。
細胞のように。

たっぷり一日ずっと一緒にいられる券

発行　ぽんっ！

なんて自販機があればな。

私が欲しいのは
なんでもないあなた

混じりっ気のない
薄められてもいない

純粋な「あなた」

あのとき嬉しかったこと。
ぎゅと抱きしめてくれたこと。

今は悲しいだけの思い出。
涙がでちゃうだけ。

夜の雲って
お昼にとり残されたみたい

それとも満月に惹かれてとどまったのかしら？

あなたと会うことで
あなたの思い出を消して　あなたを現実のヒトにして

そしたらあなたをあきらめられる気がする。

少しずつ
少しずつだけど。

あの子が妊娠した

まだおさかなみたいなのかな？

おなかの中で　愛が　ぴちぴち

すごく昔
ずっと昔

ビルの谷間に落っこちた一匹の猫が
にゃーと鳴いて死んだ

それが私

メールを送っているのは
返事が欲しいからじゃないよ

そうしないと
私の存在なんてあっという間にあなたの中から
消えちゃうでしょう？

だからたまに返事がくると
とまどってしまうの。

ごめんなさい。
いいかげん私のことが怖いでしょう？

でも私はこどもだから
自分の感情をコントロールできないの。

好きになったら何かを求めるのは当然。
物質にしろ
精神にしろ
その人の何かが欲しくなる。
その人で満たされたくなる。

鮮明に覚えている　あなたを好きになった瞬間

袖口から手を差し入れて
そっと私にふれた

ほんの一瞬

去られる人より去る人のほうが
その人のことを忘れないと思う。
だからきっと私よりあの人のほうが
私を覚えていると思う。

そう思うことで自分をなぐさめよう。

あなたを知ってから、もうすぐ１年になる。
つまり失ってからも時が経っていくということ。
それは悲しみの重みが増すということ。

その重みに、私はいつまで堪えられるかしら。

恋が冷めるのなんてあっという間。

スープが冷める時間もないほどよ。

これまで出会った人の中で
どうしてあなたが一番好きかわかった。
一番優しく抱きしめてくれたから。
ぐんと伸ばした腕で
すっぽりくるんでくれた。
まるで自分に溶け込ませるみたいに。

あなたと個人的に会って１年目の今日、
私の中のあなたを殺しました。

明日から会うあなたは
知らない人。

肉体の記憶が
脳の記憶を支配する

あなたを求める本当の理由

心の中がばかばかしいほど純粋

あなたがいい
あなたがいい

と、言い続けてるよ

臓器がぐちゃぐちゃになってる。
胃壁を突き破って
心臓をひと突き。
体中をかき乱してるあなたへの思いを
それでも逃がさないようにぎゅっと押さえつける。

あなたのメールを読む、
頭を抱えて泣く。

あなたのメールを読む、
頭を抱えて泣く。

昔々その昔、
あなたの優しい言葉は携帯の中に眠ってたよ。

あなたの良心は
ずっと前に滅んだんだと思う。
アトランティスと一緒に沈んでいっちゃった。
だけどときどきかけらが浮かんできて
偽善者ぶるのね。

そんなときは泣いちゃう。

むくむく　むくむく期待が芽を出して
全身をぐるぐる巻きに締めつけてる。
一生懸命「だめだ」って言い聞かせても
棘がどんどん体に突き刺さるの。
だからお願い　優しくしないで。

粉雪のような勇気
あなたの声を聞くと
溶ける間もなく消えてしまう
今は断片になってしまった記憶の中で
からまってまあるく存在し続ける

本当に好きだったよ

伝えたいけど言えない
今のままがいいから
今のままがいやだから？　伝えたいんでしょ？
どっちでもいい
あなたが私の生活に存在していれば
そんなことはどうでもいい

過去にとどまって前に進めない自分を
可哀相には思わないから
幸せなこと
あなたを好きでいられる自分
幸せなこと？
素直に気持ちを出せないだけでしょ？
また同じことのくり返しだよ

わかってる
だから伝えるの

好きだった、って
過去形で

素直に思いを表せなかった過去の修復をして
今に嘘をつくの
変わるかもしれないし変わらないかもしれない
曖昧な、答えの出ない選択

だから
粉雪はいつまでも降り続ける

著者プロフィール

田中 和絵（たなか かずえ）

1975年３月31日生まれ。
石川県加賀市出身。
鳥取大学農学部卒業。

Missing《ミッシング》

2003年２月15日　初版第１刷発行

著　者　田中 和絵
発行者　瓜谷 綱延
発行所　株式会社文芸社
〒160-0022　東京都新宿区新宿1-10-1
電話　03-5369-3060（編集）
03-5369-2299（販売）
振替　00190-8-728265

印刷所　図書印刷株式会社

ISBN4-8355-5215-6 C0092